Ye

18056

CLAUDE FAUCHET,

L'INTRUS DU CALVADOS.

POT-POURRI.

Air : *Robin, turelure.*

Du fameux Claude Fauchet,
J'esquisse la portraiture,
Cet homme, comme l'on sait, turelure,
Prête assez à la peinture, Robin, turelure.

Ici point il ne s'agit
D'art ni de carricature;
Quand la vérité suffit, turelure,
A quoi sert l'enluminure? Robin, turelure.

Air : *Je suis un Narcisse nouveau.*

Pour prélude, avouons d'abord,
Quant à son encolure,
Que Claude est grand, robuste et fort,
Pas trop mal de figure;
Aussi la chronique nous dit,
Qu'en plus d'une aventure,
Le gaillard a mis à profit
Ces dons de la nature.

A

Soit zele, ou goût, soit intérêt,
    Et de biens convoitise,
A tout hasard, Claude Fauchet
    Se tourna vers l'Eglise,
Et fit voir qu'avec du talent,
    Dans le métier d'apôtre,
On parle bien, mais que souvent
    La pratique est toute autre.

Peut - être se rappelle - t - on
    Certaine procédure,
Qui fit à l'aimable garçon
    Vilaine éclaboussure :
Mais promettant ne plus pécher,
    Il obtint indulgence,
Et se remit même à prêcher
    L'austere pénitence.

Alors régnoient encor les loix,
    Du moins la bienséance ;
Et l'on n'en bravoit pas les droits,
    Avec pleine assurance :
Aussi toujours un peu luron,
    Claude étoit sur la braise,
    Quand notre révolution
    Le mit tout à son aise.

Air : *Ciel, l'Univers va-t-il donc se dissoudre.*

Qui sans pâlir à sa triste mémoire,
Peut rappeller tant d'objets de terreur ;
    Le crime chantant victoire,
    Et tout un peuple en fureur,
Traînant son roi dans les fers sans pudeur :
    O délire, ô noirceur,

Que l'avenir ne pourra croire !
En y songeant j'en tremble encor d'horreur.

Air : Je suis un parfait maréchal, tôt, tôt, tôt,
battez chaud.

Mais ravi de ce baccanal,
Mon Fauchet au premier signal,
Jette bas soutane et calotte,
Et s'élançant de son logis,
Marche à la tête des bandits,
Vers la Bastille en Dom-Quichotte ;
  Et tôt, tôt,
   Vif et chaud,
Déployant son courage,
Il est des premiers à l'ouvrage.

Parmi les mousquets et les dards,
Animant tout de ses regards,
Il tempête, il jure, il fait rage,
Intrepide au bruit du canon,
Le sabre en main comme un dragon,
Mon drôle, au milieu du carnage ;
  Tôt, tôt, tôt,
   Dit-il, chaud,
Tôt, tôt, tôt, bon courage,
Il faut avoir cœur à l'ouvrage.

Surprise ou peur, soit autrement,
Le fort est pris, Launai se rend,
Fauchet en triomphe l'emmene ;
Et quand il le voit en morceaux,
Freres, amis, braves héros,
S'écrie alors l'énergumene ;

     A 3

4

Tôt, tôt, tôt,
Courons chaud,
Tôt, tôt, tôt, rendre hommage,
Au ciel pour un si grand carnage.

Air : *Quand on est mort, c'est pour long-tems.*

Il dit, et le peuple brigand
Au temple le suit en chantant,
Drapeau flettant, tambour battant :
Là, Fauchet de zele écumant,
Et redoublant d'accent,
Préconise en hurlant,
Ces monstres tout couverts de sang.

L'œil en feu, les bras étendus,
Freres, dit-il, freres élus,
Enfin, nos tyrans ne sont plus,
Sous vos coups ils sont abattus,
Ainsi, pour *Oremus*,
Chantons tous en *chorus*,
Amen, *Te Deum laudamus*.

Air : *Que Pantin séroit content.*

Soudain, c'est un carillon
A fendre, fendre la tête ;
Soudain, c'est un carillon,
Un vacarme de démon.
Voix aigres du plus haut ton,
Ronflades en faux bourdon ;
Fauchet dans cette tempête,
Vaut lui seul plus qu'un canon.
Soudain, c'est un carillon
A fendre, fendre la tête ;

Soudain, c'est un carillon,
Un vacarme de démon.

Tambour, trompette, basson,
Cris, fureur, convulsion ;
L'enfer a pour cette fête,
Chassé Dieu de sa maison.
Par-tout c'est un carillon, etc. etc. etc.

Air : *Le premier jour de janvier... accompagné*
de plusieurs autres.

Sentant pourtant que son état,
Répugne au métier de soldat ;
Mais toujours ami des extrêmes,
Notre homme à révolution,
Se fait jusqu'à la déraison,
L'orateur des nouveaux systêmes.

En écharpe, en frac, en surplis,
Au cirque, au club, dans tout Paris,
A l'église, comme à la halle,
Toujours prêchant et blasphémant,
Il inocule à tout venant,
Sa réforme nationale.

Mais c'est à la bouche de fer,
Sur-tout que ce nouveau Luther,
Environné de tous les crimes,
Et s'agitant en sapajou ;
Fait voir aux badauts par un trou,
La vérité dans les abîmes.

Là, parlant à tort, à travers,
Et mettant le monde à l'envers ;

Messieurs, dit-il, plus je combine,
Plus je vois que tout est commun,
Qu'entre eux les hommes ne font qu'un,
Et qu'il nous faut même cuisine.

A quoi bon des distinctions,
D'inégales possessions,
Partageons en bons géomètres,
Et sans la contrainte des loix,
Vivons comme on vit dans les bois,
Sans princes, sans rois, et sans maîtres.

Notre sénat, quoique hardi,
N'a vu les choses qu'à demi,
Mais *moi debout sur la nature*,
Qui vois clairement tout cela,
Je vous jure que rien n'ira,
Si nous ne prenons cette allure.

Air : *Mais suivons Hippocrate, qui dit qu'il
faut à chaque mois, s'enivrer au moins une fois.*

Pendant tous ces beaux sermons-là,
On fabriquoit chaque semaine,
Par les mains d'Autun, de Lydda,
Des évêques à la douzaine :
    Déjà Goutte et Charrier,
    Dumouchel et Gregoire,
    Et Marolle avec gloire,
Avoine, Aubri, Thuin et Fessier,
Figuroient sur le chandelier.

Par les divers arrangemens
De cette farce sacrilége,
Claude dans les départemens,

Se voyoit n'avoir point de siége :
  Interdit , allarmé ,
   Au club il se transporte ,
   Y parle , agit de sorte ;
Qu'enfin , qu'enfin , si bien famé ,
Claude au Calvados est nommé.

En passant , faisant mention
Du maintien beat , de l'air pie ,
Qu'au jour de l'ordination
Il eut à la cérémonie
  L'œil baissé , crosse en main ,
  Croix d'or à la poitrine ,
  Vous l'eussiez à sa mine ,
A son ravissement benin ,
Pris pour un petit séraphin.

Air : *A ça v'la qu'est donc baclé* ,
Ou : *Reçois dans ton galetas.*

Mais bientôt vous laissant là ,
Cet air de sainte nitouche
Au Calvados il s'en va ,
En brave et valeureux Cartouche ,
S'emparer du bien d'autrui ,
Disant qu'à présent c'est à lui.   *bis.*

En appareil de voleur ,
Avec fusil , bayonnette ,
Délogeant le vrai pasteur ,
Partez, lui dit-il , sans trompette ,
Camus , Treilhard , Martineau ,
M'ont fait berger de ce troupeau.   *bis.*

Fanatique Jacobin ,
Et n'en voulant point , rabattre ;
Il vient , pour se mettre en train ,
A Caen faire le diable à quatre ,
Fermant , murant , abattant
Eglise , chapelle et couvent.   *bis.*

   Trouvant d'abord ses brebis
Revêches pour sa personne ,
Il faut voir , ventre-saint-gris ,
Comme il les prêche et sermone :
    Dame , c'est que Tatidié ,
    Il ne se mouche pas du pié.   *bis.*

   Pour les gagner encor mieux ,
Avec art il leur étale
Ses moyens ingénieux
Pour faire en tout balance égale ;
Or , à prendre quand il faut ,
Normand entend à demi-mot.   -   *bis.*

Air : *Monsieur le Prévôt des Marchands.*

   Fidèle à ces saintes leçons ,
Le bon peuple des environs
Sur bien d'autrui fond et butine ,
S'en arroge une portion ,
Disant , quand quelqu'un se mutine ,
Que c'est la constitution.

   Mais la municipalité ,
De cette belle égalité ,
Ne goûtant pas trop la méthode ,
Et craignant qu'un si doux appât
Par suite ne vînt à la mode
Décrete le seigneur prélat.

Là dessus terrible débat ;
Tu l'auras , tu ne l'auras pas ;
C'est un saint du tems des apôtres ,
Disoit à Caen la Nation ,
Si vous voulez , disoient les autres ,
Mais aussi c'est un franc brouillon.

Air : *Tous les bourgeois de Chartres et ceux de Montlery.*

Après mainte aventure ,
L'affaire en étoit-là ,
Quand de législature ,
En France on reparla :
Car la premiere enfin alloit fermer boutique ,
Et couverte d'iniquités ,
Laisser à d'autres députés
Des décrets la fabrique.

Pour siéger au manége ,
Par-tout on intrigua ,
Usant du privilége ,
Fauchet se distingua ;
Il courut, harangua les fauxbourgs , les villages ,
Les électeurs il regala ;
Si bien aux clubs il cabala ,
Qu'il obtint les suffrages.

En justice réglée ,
Toutefois accusé ,
Claude de l'assemblée ,
Risquoit d'être chassé :
Sans doute il l'eût été , même par les fenêtres ;
Mais nous étions , par cas fatal ,

Retombés de fievre en chaud mal
Avec nos nouveaux maîtres.

Coquins de même étoffe
Que notre beau bijou ,
D'un ton de philosophe
Plaidant à la Chabrou ,
Prouverent que Fauchet, quoique sous l'anathême ,
Etoit pourtant un grand prélat ,
Un Lycurgue , un homme d'état ,
Et la sagesse même.

Blanc comme l'innocence ,
D'après ces doux propos ,
Il vint et prit séance
Au milieu des *bravos*.
Bientôt avec Audrin , Isnard et compagnie ,
Jouant le petit Mirabeau ,
Il travaille à mettre au tombeau
La France à l'agonie.

Air : *Il faut l'envoyer à l'école.*

Il n'y travaille que trop bien ,
Appuyé de l'affreux cortège
Du manège ,
Brigand clubiste , autre vaurien.
Décrets fougueux , motion folle ,
Crime , attentat , sont les leçons ,
Les poisons ,
Qu'il va puiser à cette école.

Nommé Naguère un des visirs
Au comité de surveillance
De potence ,

Créé tout frais pour nos plaisirs :
C'est-là sur-tout , oui , qu'il raffole,
De se rendre comme Voydel ,
  Immortel ,
Et de briller à cette école.

Ah ! c'en est donc fait pour toujours ,
Braves Français, ce triste empire
  Tombe , expire ,
Si vous n'arrivez au secours.
Un tas d'enragés nous désole ,
Venez à coup de pied au cu ,
  Ferme et dru ,
Renvoyer ces gueux à l'école.

Faire des loix , rien n'est plus beau ;
Mais comment dans ce ministère ,
  Sans colère ,
Voir un Fauchet , un Goupilleau ,
Un Condorcet , maint et main drôle ,
Qu'il faut à coup de pied au cu ,
  Ferme et dru ,
Chasser, renvoyer à l'école.

Dites-moi qu'est-il résulté
De toutes ces belles merveilles
  Sans pareilles
Du regne de la liberté ?
On massacre , on brûle , on nous vole ,
On anéantit notre foi ;
  Croyez-moi ,
Renvoyez ces gueux à l'école.

Voilà pourtant , mes bons amis ,

Après des milliers de victimes
Et de crimes,
Où nous en sommes tous réduits :
Plus de vertus, plus une obole,
Pour rois, des Fauchet, des Chabot,
Des Brissot,
Sentez-vous enfin, quelle école !

CHANSON

Sur l'ex-Révérend CHABOT.

Air : *Des Trembleurs, ou de Papa Mignon.*

Quel est donc ce personnage,
Avec son nasillonage,
Qui fait un si grand tapage
Au sein de la nation ?
Qui gourmande en sa colere
Les agens du ministere,
Comme un custode sévere
Vous chapitre un moinillon.
Capucin de profession,
C'est Chabot, dit frere Gorgon,
Gorgon, Gorgon, Gorgon, Gorgon.

Or, sur son capucinage,
On dit que dans son jeune âge
Ayant fait certain dommage,
Et de rôt quelque larcin,
De Chabot Suson sa mere,
Très-habile cuisiniere,

L'enfant craignant la colere,
De peur se fit Capucin.
Dans l'ordre il a fait son chemin,
Montrant un petit air benin,
Benin, benin, benin, benin.

Mais le drille n'aimant guère
Au fond ni le monastère,
Le cilice, ni la haire,
Matine, ni l'oraison,
Suivant plus douce morale,
Décrassant son minois sale,
Met bas le froc, la sandale,
La barbe et le capuchon,
Et de frere sacro Gorgon,
Devient un bel abbé poupon,
Poupon, poupon, poupon, poupon.

Dans cette forme magique,
Tout brûlant d'un feu civique,
Mon apostat séraphique,
A Blois venu pour raison :
Faites, dit-il, à Grégoire
Quelque chose pour ma gloire,
Je suis, vous pouvez m'en croire,
Pour la révolution.
Quant à la constitution,
Je la jure comme un démon,
Démon, démon, démon, démon.

Charmé de cette franchise,
E de trouver à sa guise
Un homme à toute entreprise

Dans le défroqué gardien ;
De Blois le nouveau Caïphe,
Grégoire en zélé pontife
A son église apocryphe
Donne Chabot pour soutien ;
Du conseil presbytérien
Il l'établit chef et doyen,
Doyen, doyen, doyen, doyen.

Voilà donc à la besogne
Mon *sacré gueux* sans vergogne,
Qui vous coupe, taille et rogne ;
Qui, les décrets à la main,
Ecume, tonne et fulmine,
Tombe à coups de discipline
Sur le troupeau de *Thémine*,
Et vous le mene grand train,
Mons Grégoire en bon patelin
Sourit à ce zèle divin,
Divin, divin, divin, divin.

Laissez-moi, poursuit le sbire,
Un peu tout, ceci conduire,
Je saurai bien vous réduire
Ce petit peuple mutin ;
Je veux que pas un n'échappe,
Et même en dépit du Pape,
Ils mordront tous à la grappe,
Ou j'y perdrai mon latin ;
Et Grégoire en bon patelin
De s'écrier, mais c'est divin,
Divin, divin, divin, divin.

Dans ses feux patriotiques,
Dit Chabot aux catholiques :
Sommes-nous donc hérétiques ?
Ah ! je vous apprendrai , moi ,
Mes béats , mes bons apôtres ,
Parbleu , que nos patenôtres
Valent autant que les vôtres ,
Ou bien vous direz pourquoi !
Et de porter par-tout l'effroi ,
En prêchant de Camus la foi ,
La foi , la foi , la foi , la foi.

Mais voici bien autre histoire ,
Rival en tout de la gloire
Du vénérable Grégoire ,
Mon Capucin effronté ,
De sa vice - prélature
Vise à la législature ;
Et manœuvre de nature
A se faire député ,
Parmi nos rois en vérité.
Il est au manège compté ,
Compté , compté , compté , compté.

Là dans la toute arrogance
Des boute-feux de la France ,
Rayonnant d'impertinence ,
Et tranchant du potentat ,
Il s'agite , il baragouine ,
Et bonnement s'imagine
Faire rouler la machine
De notre croulant état.
Chabot est dans notre sénat ,

Comme Isnard un diable au sabat,
Sabat, sabat, sabat, sabat.

Mais on s'apperçoit sans peine
Que depuis une quinzaine,
Sa voix est pourtant moins pleine,
Et son ton moins affermi.
C'est que Chabot d'aventure,
Par ce coquin de mercure
Qui l'a mis à la friture,
N'est plus Chabot qu'à demi.
Eh ! qu'allois-tu là frire aussi ?
Certe, il t'en souviendra, l'ami,
L'ami, l'ami, l'ami, l'ami.

Résumons ici de suite
Tous ses titres de mérite :
D'abord humble cénobite,
Et Capucin nazillard ;
Puis jureur à toute outrance ;
Législateur d'importance
Au tripot de surveillance,
Jugeant, frappant au hasard ;
Puis enfin nouvel *Abaylard*.
Tel est en bref notre housard,
housard, housard, housard.

F I N.

Au Palais-Royal, sous les arcades de bois, n°. 262.

www.ingramcontent.com/pod-product-compliance
Lightning Source LLC
Chambersburg PA
CBHW061422170626
46811CB00005B/2091